آرزوهای بزرگ چمدان کوچک

نویسنده: مریم ابراهیمی

تصویرگر: فرشید م . امانی

سریال کتاب:P2245250099

عنوان: آرزوی بزرگ چمدان کوچک

پدیدآورنده: مریم ابراهیمی

تصویرگر: فرشید م. امانی

ویراستار: زهرا بنی اسدی

شابک / **ISBN**: 978-1-990760-27-3

موضوع: خانواده/ مهاجرت/ داستان نوجوانان

متادیتا : Fiction /Family/ Immigration

مشخصات کتاب: A4 / Paperback

تعداد صفحات: 52

تاریخ نشر در کانادا: May ۲۰۲۲

KPH Group

خانه انتشارات کیدزوکادو

ونکوور، کانادا

تلفن :	+1 (833) 633 8654

واتس آپ: +1 (236) 333 7248

ایمیل: info@kidsocado.com

وبسایت انتشارات: https://kidsocadopublishinghouse.com

وبسایت فروشگاه: https://kphclub.com

سلام هم زبان

دستیابی ایرانیان مقیم خارج از کشور به کتاب‌های بسیار متنوع و جدیدی که توسط ایرانیان نگاشته و چاپ می‌شوند، محدود است. ما قصد داریم این خدمت را به فارسی زبانان دنیا هدیه دهیم تا آنها بتوانند مانند شما با یک کلیک کتاب‌هایی در زمینه های مختلف را خریداری کنند و درب منزل تحویل بگیرند.

گروه KPH و یا خانه انتشارات کیدزوکادو تحت حمایت گروه کیدزوکادو این افتخار را دارد تا برای اولین بار کتاب‌های با ارزش تألیفی فارسی را در اختیار ایرانیان مقیم خارج از ایران قرار دهد.

از اینکه توانستیم کتابهای جدید و با ارزشی که به قلم عالی نویسندگان و نخبگان خوب ایرانی نگاشته شده است را در اختیار شما قرار دهیم و در هر چه بیشتر معرفی کردن ایران و ایرانیان و فارسی زبانان قدم برداریم، بسیار احساس رضایتمندی داریم.

این کتاب‌ها تحت اجازه مستقیم نویسنده و یا انتشارات کتاب صورت گرفته و سود حاصله بعد از کسر هزینه‌ها، به نویسنده پرداخته می‌شود.

گروه KPH در قبال مطالب داخل کتاب هیچگونه مسئولیتی ندارد و صرفاً به عنوان یک انتشار دهنده می‌باشد. شما خواننده عزیز، می‌توانید ما را با گذاشتن نظرات در وب سایتی که کتاب را تهیه کرده‌اید به این کار فرهنگی دلگرمتر کنید. از کامنتی که در برگیرنده نظرتان نسبت به کتاب است عکس بگیرید و برای ما به این ایمیل بفرستید. و یک کتاب بصورت هدیه از ما دریافت کنید.

ایمیل :   info@kidsocado.com

تقدیم به همه‌ی مهاجرانی که از سرزمین مادریشان رفتند

آن‌هایی که خواسته یا ناخواسته با شهرشان خداحافظی کردند

و دیار خاطراتشان را پشت سر گذاشتند.

آن‌هایی که

خانه و خانواده،

دوستان و همکلاسی‌هایشان

مدارک تحصیلی، شغل و مهارتشان،

آرزوهای دوران بچگی و گاهی اعتمادبه‌نفسشان و

حتی برای عده‌ای

زبان مادریشان

در چمدان کوچک مهاجرتشان جا نشد.

آن‌هایی که این همه را در شهر و دیارشان به جا گذاشتند و رفتند،

ولی،

هیچ‌گاه فراموششان نکردند.

رفتند تا زندگی را در جایی دیگر،

"دوباره"

آغاز کنند

با امید به یک شروع روشن.

صدای بلند گریه‌ی دختر کوچولویی که الان به دنیا اومده، همه‌ی اتاق زایمان را پُر کرده بود.

دریا از شنیدن صدای دختر کوچولوش، لبخند بزرگی روی لب‌هاش نشست؛ احساس می‌کرد که یه‌جورایی این لبخند، با همه‌ی لبخندهای دیگه‌ی دنیا فرق می‌کنه. انگار همه‌ی وجودش دو تا چشم شده بودند، چشم‌هایی که فقط می‌خواستند صورت دختر کوچولوی تازه به دنیا آمده رو ببینند؛ صورتی که ماه‌ها منتظر دیدنش بود. انتظار عجیبی بود، از اون انتظارهایی که حتی چند لحظه‌اش هم به اندازه چند سال طول می‌کشه.

دریا توی چند ماه گذشته خیلی اوقات تو خیالش به صورت دخترک نگاه کرده بود، اما این اولین بار بود که می‌تونست دخترش رو از نزدیک و بیرون از دنیای خیالی ببینه، چه لحظه‌ی قشنگی بود!

دخترک تا چشمش به صورت مادرش افتاد گریه کردن از یادش رفت. ساکت شد و با چشم‌های باز، به چشم‌های دریا زُل زد. دریا توی دلش احساس عجیبی داشت. فکر می‌کرد روی ابرهاست و از بالای ابرها کنجکاوانه به صورت دخترش نگاه می‌کرد. دختر کوچولو همین‌طور به مادرش زُل زده بود. اما کم‌کم چشم‌هاش خسته شد، پلک‌هاش روی هم افتاد و به آرومی خوابید.

دریا در حالی که در سکوت به این خواب شیرین دخترش نگاه می‌کرد، آروم آروم سوار ابرهای خیال شد. ابرها دور تا دورش رو گرفتند و او رو بالا و بالاتر بردند، کمی دورتر، کمی بالاتر، باز هم بالاتر. اون‌قدر دور شد تا به دوران بچگی خودش رسید.

به جایی رسید که می‌شد دوباره توی خاطرات بچگی زندگی کرد؛ خاطراتی که هر کدوم توی یکی از هزار واگن قطار زندگیش، در حرکت بودند. قطار آروم آروم حرکت می‌کرد و واگن‌ها دونه به دونه از جلو چشم‌هاش رَد می‌شدند.

هر بار که صورت بچگی خودش رو از پنجره‌ی یکی از واگن‌ها می‌دید اون خنده‌ی بزرگ همیشگی روی لب‌هاش بود؛ خنده‌ای که انگار دیگه یه جزئی از صورتش شده بود.

توی یکی از واگن‌ها، یه کفشدوزک کوچولو رو دید، که روی کفش بچگیش راه می‌رفت.

یادش افتاد توی اون روزها، دیدن یه کفشدوزک یا یه پروانه می‌تونست بهترین اتفاق زندگیش باشه.

چه آسـون از اون اتفاق‌های کوچیک دور و برش خوشحال می‌شـد. اتفاق‌هایی مثل گل دادن گلدون توی حیاط، یا شــکوفه زدن درخت‌ها، شکل‌های عجیب و غریب ابرها، صدای شُرشُر بارون، تخم گذاشتن پرنده‌ی آزاد زیر شیروونی خونه، همه و همه روزهای بچگیش رو پُر از شادی می‌کردند.

توی این فکرها بود که حرکت قطار، واگن بعدی رو جلو چشم‌هاش آورد. سرش را تکون داد و خندید. این واگن رو خیلی دوست داشت. توش پُر بود از کادوهای رنگ و وارنگ.

یادش افتاد که گاهی توی خیالش یک سبد پر از کادوهای قشنگ و رنگارنگ درست می‌کرد. با دقت و حوصله همه رو کادوپیچ می‌کرد. یه عالمه هدیه که هیچ کدوم از اون‌ها رو با پول نمی‌شد خرید.

بیشتر اوقات توی کادوها، تیکه‌هایی بود از خوشحالی‌هاش که می‌خواست اون‌ها رو با دوستاش تقسیم بکنه.

گاهــی توی فکرش یه آرزوی خوب رو می‌ذاشت توی یه جعبه‌ی قشــنگ و برای دوســتش می‌فرســتاد. گاهی یک کم بارون، گاهی کمی آفتاب، اما کادویی که خودش عاشقش بود، کادویی بود که توش یه تیکه‌ی بزرگ ابر بود.

ابری که می‌تونستی سوارش بشی و باهاش بری بالا. اون‌قدر بالا که همه‌ی دنیا رو از اونجا ببینی.

دریا هنوز از دیدن رنگ‌های قشنگ کادوهای داخل اون واگن سیر نشده بود که سر و صداهای بلند واگن بعدی حواسش رو حسابی پرت کرد. چه واگن شلوغ و پر سر و صدایی!

یه واگن پر از دوستای دوران بچگیش، پر از فریادهای شادی، پر از روزهایی که بدون هیچ بهونه‌ای می‌خندیدند و هیچ کس نمی‌دونست که به چی می‌خندند یا چرا می‌خندند. توی واگن پر از حرکت بود. با دوستاش بی‌هدف به هر طرف می‌دویدند. و هیچ‌کس نمی‌پرسید که به دنبال چه می‌دوند؟ به چیزی رسیدند یا اصلاً به چیزی نرسیدند.

یادش بخیر! چقدر اون بازی‌های دسته‌جمعی با دوستاش رو دوست داشت. چقدر رقصیدن و آواز خوندن و بلند و با حرارت حرف زدن رو دوست داشت. چقدر دوست داشت که کمی بیشتر بتونه توی اون واگن بمونه، اما اون روزها صبر نمی‌کردند. قطار حرکت می‌کرد و دریا وقت کمی داشت تا بتونه به همه‌ی واگن‌های خاطراتش، دونه به دونه، سر بزنه.

واگن بعدی اما آروم آروم بود. هیچ صدایی از اونجا نمی‌اومد.

انگار، قطار نمی‌خواست ســکوت و آرامش دختر بچه‌ای که روی صندلیش نشسته بود رو به هم بزنه. وقتی کوچک‌تر بود، خیلی وقت‌ها دوست داشت یه گوشه بشینه و بی‌صدا آروم و چشم‌هاش رو ببنده و به آروزی بزرگی که توی دلش بود، فکر کنه.

یادش اومد که چقدر اون آرزوی دوران بچگیش رو دوســت داشــت. انــگار اون آرزو دیگه یه جورایی، شــبیه یه دوست خیلی خوب شده بود که توی دلش زندگی می‌کرد. دوستی که همیشه مشــغول روشــن کردن چراغ‌های دو طرف یک جاده‌ی طولانی پیچ در پیــچ بود. چراغ‌هایی که کمکش می‌کردند تا اون جاده رو بهتر و روشن‌تر ببینه. جاده‌ای که می‌تونست دریا رو به ابرها برسونه. فکر کردن به اون آرزو همیشه لبخندش رو بزرگ‌تر و قشنگ‌تر می‌کرد. **دریا آرزو داشــت که ســوار ابرها بشه و با اون‌ها بالا بره.** تو قصه‌ها شــنیده بود یه جایی توی آســمون هست که آرزوهای آدم‌ها اونجا باهم زندگی می‌کنند؛ جایی که فقط ابرها می‌دونند کجاست.

دریا شــنیده بود وقتی به اونجا برسه، به هر آرزویی دلش بخواد، حتماً می‌رسه!

فکر کردن به آرزوی دوران بچگی، دریا رو به یاد مادرش انداخت. چقدر دلش برای مادرش تنگ شـــده بود. خوشحال بود که می‌تونسـت اونجا توی قطار خاطراتش راه بره. چون مطمئن بود که می‌تونه مادرش رو توی یکی از اون واگن‌ها پیدا کنه.

فوری بلند شد. یکی یکی و به سرعت واگن‌های بعدی رو گشت. بالاخره مادرش رو دید که مثل همیشه سرش پایین بود و سـخت مشغول کار کردن بود. خیلی دلش می‌خواست بتونه قطار رو نگه داره و یه دل سیر به مادرش نگاه کنه.

همون‌جا ایسـتاد و به یاد آورد که مادرش بهترین خیاط محله‌شـون بود. او حتی می‌تونست زیباترین بافتنی‌ها رو ببافه. از دور و نزدیک، همسـایه‌ها، فامیل و دوستان می‌آمدند و از مادرش خیاطـــی و بافتنی یاد می‌گرفتند. مادرش بهترین آشـــپز فامیل هم بود. اما از همه‌ی این‌ها مهم‌تر مادرش قشنگ‌ترین قصه‌های دنیا رو بلد بود.

توی همین فکرها بود که دوباره ســر و صدای واگن بعدی حواســش رو حسـابی پرت کرد و نگذاشت که مدتی در سکوت به مادرش و خاطره‌های بودن با او نگاه کنه.

واگن بعدی پر از مهمون بود. مهمون‌های شـلوغ و پر سر و صدا. خیلی‌هاشون دوستای دوران بچگیش بودند. بعضی‌هاشـون فامیل و همسـایه که اومده بودند و دور تا دور مادرش نشسته بودند، تا قصه‌های جادوییش رو گوش کنند. توی اون قصه‌های جادویی می‌شـد به سفرهای دور و دراز خیالی بری و دوسـتای جدیدی پیدا کنی. گاهی توی اون قصه‌ها آدم‌هایی رو می‌دیدی که می‌تونستند کارهای بزرگ و عجیبی بکنند، کارهایی که هر کسی نمی‌تونست بکنه.

یادش اومد که توی یکی از اون قصه‌ها، یک نفر تونست همه‌ی خوشحالی‌های دنیا رو مساوی بین همه‌ی آدم‌های دنیا تقسیم کنه. یک گروهی از مردم هم از صبح تا شـب خوشـحالی‌ها رو توی جعبه‌های رنگی قشـنگ بسته‌بندی می‌کردند، هر کس هر رنگی رو که دوست داشت انتخاب می‌کرد ولی می‌دونست که توی کادوش چیزی بیشتر یا کمتر از بقیه نیست.

بــا اینکه توی دنیای اون قصه‌ها موندن خیلی خوب بود اما کم‌کم، واگن قصه‌گویی مادر هم از جلوی چشم‌های دریا رد شد.

دریا چشم‌هاش رو بست. فکر کرد که چقدر خوب بود اگه می‌شد همون‌جا کنار اون دوست‌های خیالی قصه‌های قشنگ می‌موند.

همین‌طور که چشم‌هاش بسته بود و توی فکر بود، چند تا از واگن‌های خاطرات رد شدند. دیگه فرصتی نبود تا دریا بتونه توی اون‌ها رو با دقت نگاه کند.

یکدفعه با دیدن یکی از واگن‌هایی که داشـت رد می‌شـد بلند فریاد زد: «صبر کن! صبر کن!» دیـــدن اون واگن براش خیلی مهم بود. چون یکی از قشـــنگ‌ترین روزهای زندگیش رو با خودش می‌بُرد.

یکی از اون روزهایی که هیچ‌وقت فراموشش نکرده بود؛ روزِ اول مدرسه!

فوری و باعجله دوید تا بتونه خودش رو به داخل اون واگن برسـونه. چقدر خوشحال بود که به مدرسه می‌رفت.

می‌خواست هر چی زودتر خوندن و نوشتن رو یاد بگیره. می‌دونست توی اون واگن اتفاق‌های عجیب زیادی منتظرشه؛ اتفاقاتی که می‌تونستند اون رو به آرزوش نزدیک‌تر کنند. **آرزوی بالا رفتن،** همیشه یه‌جورایی دریا رو به جلو هُل می‌داد.

حسـابی درس می‌خوند و خیلی تلاش می‌کرد. با اینکه همه‌ی حواسش به درس‌هاش بود اما دوباره، یه واگن پُر از سر و صدا نزدیک می‌شد.

دریا، ســـعی می‌کرد که به اون صداها توجهی نکنه اما یکدفعه شــنید که کسی اسمش رو توی واگــن بعدی بلند صـــدا می‌زنه. با کنجکاوی به اون واگن رفت و بــا تعجب خودش رو دید که از شـــادی به هوا پریده. صدای فریاد خوشحالیش همه جای واگن پیچیده بود. انگار نمی‌شد بزرگی اون خوشحالی رو توی دلش جا بده و باید داد می‌زد.

هیچ‌وقت یادش نرفت که وقتی اسمش رو صدا زدند و جایزه شاگرد اول کلاس رو بهش دادند، چقدر، خوشحال شد!

دریا بیشتر از گرفتن جایزه از دیدن کارتی خوشـــحال بود که روش با خط درشتی نوشته بود:
«بهترین شاگردِ کلاس!»

بعد از تموم شدن اون مراسم دریا به سرعت به طرف خونه دوید. خیلی عجله داشت. می‌خواست هر چی زودتر حرکت قطار اون رو به واگنی برسونه که بتونه نوشته‌ی روی کارت رو با افتخار به مادرش نشون بده.

انگار هنوز نمی‌تونست اون خبر خوب رو باور کنه. دریا خیلی دوست داشت مادرش هم اون کارت رو براش یه بار دیگه با صدای بلند بخونه تا بتونه بهتر باورش کنه.

همین‌طور که به طرف واگن بعدی می‌دوید، یه حسی توی دلش بهش می‌گفت که اونجا یه اتفاق جدیدی منتظرشه، اما نمی‌دونست چه اتفاقی!؟

وقتی با دقت از پنجره‌ی واگن به داخل نگاه کرد همه چیز دوباره یادش افتاد. مادرش اونجا نشسته بود.

دریا با خوشحالی وارد واگن شد و توی بغلِ مادرش پرید. با افتخار کارتی رو که معلمش داده بود به مادر نشون داد. دست‌هاش رو زیربغلش زد. سرش رو بالا گرفت. احساس کسی رو داشت که قله‌ی یک کوه بلند رو فتح کرده.

با یه لبخند بزرگ و با صدای پر از هیجان به مادرش گفت: «توی مدرسه به من جایزه دادند، ببین اینجا چی نوشته؟»

مادرش با خوشحالی لبخند زد اما تا به نوشته‌ی روی کارت نگاه کرد، ساکت شد.

تنها چیزی که توی صورت مادرش می‌شد دید، یه علامت سؤال بزرگ بود؟ که حسابی دریا رو متعجب کرده بود.

یادش اومد که چقدر صبر کردن توی اون لحظه براش سخت بود. دوباره گفت: «مادر با صدای بلند بخون ببین چی نوشته؟»

مادر هنوز ساکت بود اما بعد از چند لحظه به آرومی گفت: «من نمی‌تونم این نوشته رو بخونم.»

دریا انگار نشنید. فقط با تعجب نگاه کرد. مادر با صدای آرومتری گفت: «من خوندن و نوشتن بلد نیستم.»

دریا اون واگن رو هیچ‌وقت فراموش نکرد. انگار یه‌جورایی براش عجیب و باورنکردنی بود. آخه مادرش همیشـــه توی همه کارهایی که می‌کرد، خیلی خوب بود. پس چطور خوندن و نوشتن بلد نبود؟!!؟

دریا یه‌دفعه احساس کرد همه‌ی دوستـایی که توی قصه‌های مادرش پیــدا کرده بود، توی اون واگن اومدند و با صدای بلند با هم حرف می‌زدند. حسـابی اونجا رو شـلوغ کره بودند. دیگه نمی‌دونســـت صداهایی رو که می‌شنید واقعی بودند یا خیالی؟! برای همین خیلی آروم از مادرش پرسید: «یعنی هیچ‌وقت به مدرسه نرفتی؟! یا نخواستی درس بخونی؟!»

مادر سعی می‌کرد که با لبخند جواب بده ولی لبخندش گرم نبود، سردِ سرد بود. به آرومی گفت: «جایی که من به دنیا اومدم و بزرگ شدم، مدرسه نبود.»

دریا سعی کرد توی فکرش یه شهر بدون مدرسه رو تصور کنه.

مـادر ادامه داد: «من توی یک روسـتای خیلـی کوچیک به دنیا اومدم کـــه اونجا هیچ‌کس نمی‌تونست بخونه و بنویسه.»

دریا زیرلب انگار همون حرف‌های مادرش رو تکرار می‌کرد تا مطمئن بشه درست شنیده.

مـادر دنبال راهی بود تا دریا رو دوباره خوشـحال ببینه. گفت: «ولی من خیلی خوشـحالم که تونســـتم به آرزوی دوران بچگیم برسم. همه‌ی آرزوی من این بود که از روستای کوچیک خودم به جایی برم و زندگی کنم که بچه‌ها بتونن اونجا خوندن و نوشتن رو یاد بگیرن.»

دریا پرسید: «پس چرا زودتر نیومدی تا بتونی اینجا به مدرسه بری؟»

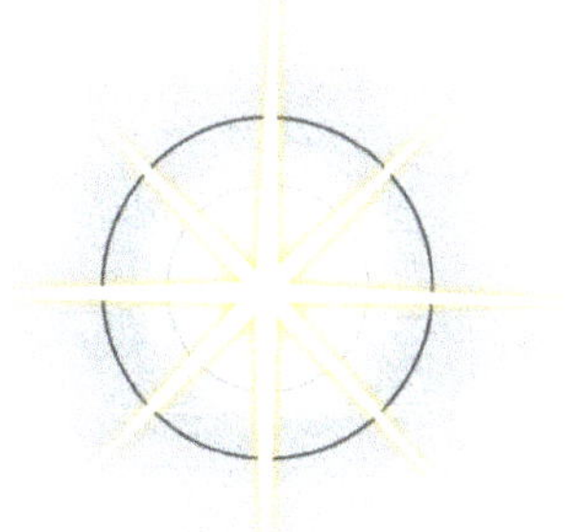

مادر جواب داد: «من همیشـــه از پدرم می‌خواسـتم که به اینجا بیاییم. ولی پدرم می‌گفت که روسـتا جاییه که ما توش به دنیا اومدیم و اینجا زمین ماست؛ ما توی این زمین ریشه داریم، اگه ما بریم نمی‌تونیم خونه، زندگی، دوستان و فامیل‌مون رو با خودمون ببریم. اون می‌گفت که آدم‌ها مثل درخت‌ها باید جایی زندگی کنند که ریشه‌هاشـــون اونجاست. اگه از ریشه‌هاشون جدا بشن ممکنه به آسونی به زمین بیفتند.»

پدرم می‌گفت: «یه گل همیشـــه روی ساقه و ریشه‌ی خودش خوشحال‌تره. اگه از ریشه جداش کنی و توی گلدون شیشه‌ای خیلی گرون‌قیمت هم بذاریش، دیگه خوشحال نیست.»

دریا با تعجب پرسید: «پس تو چطور تونستی که به شهر بزرگ بیای و اینجا زندگی کنی.»

مادر گفت: «آرزوی دوران بچگی من، سال‌ها ته دلم زندگی می‌کرد و با من بزرگ می‌شد تا اینکه تونسـت از دنیای خیالی من، به دنیای واقعی سفر کنه. اون‌وقت دست من رو گرفت و به شهری آورد که توی خیالم همیشه باهاش زندگی می‌کردم.»

دریا پرسید: «آرزوها، توی فکر آدما زندگی می‌کنند یا توی دل‌شون؟»

مادر جواب داد: «آرزوها توی فکر ما به دنیا میان اما اگه بخوان از دنیای خیالی به دنیای واقعی برسند باید از توی فکرمون به ته دل‌مون سفر کنند. همه‌ی آرزوها نمی‌تونن این سفر رو تموم کنند. بعضی‌هاشون وسطای راه پشیمون می‌شــن و بعضی‌ها هم ناپدید می‌شن. بعضی‌ها هم اصلاً نمی‌خوان سفر کنند. اون‌ها آرزوهایی هستند که خیلی زود از یاد ما می‌رند. اما ما آرزوهایی رو که به ته دل‌مون می‌رسند، خیلی دوست داریم و هیچ‌وقت فراموش‌شون نمی‌کنیم.»

دریا پرسید: «آرزوهایی که به ته دل‌مون می‌رسند، اونجا چه کار می‌کنند؟»

مادر جواب داد: «ما هر کدوم از آرزوهای ته دل‌مون رو با دقت توی یه صندوق می‌ذاریم و درش رو قفل می‌کنیم...

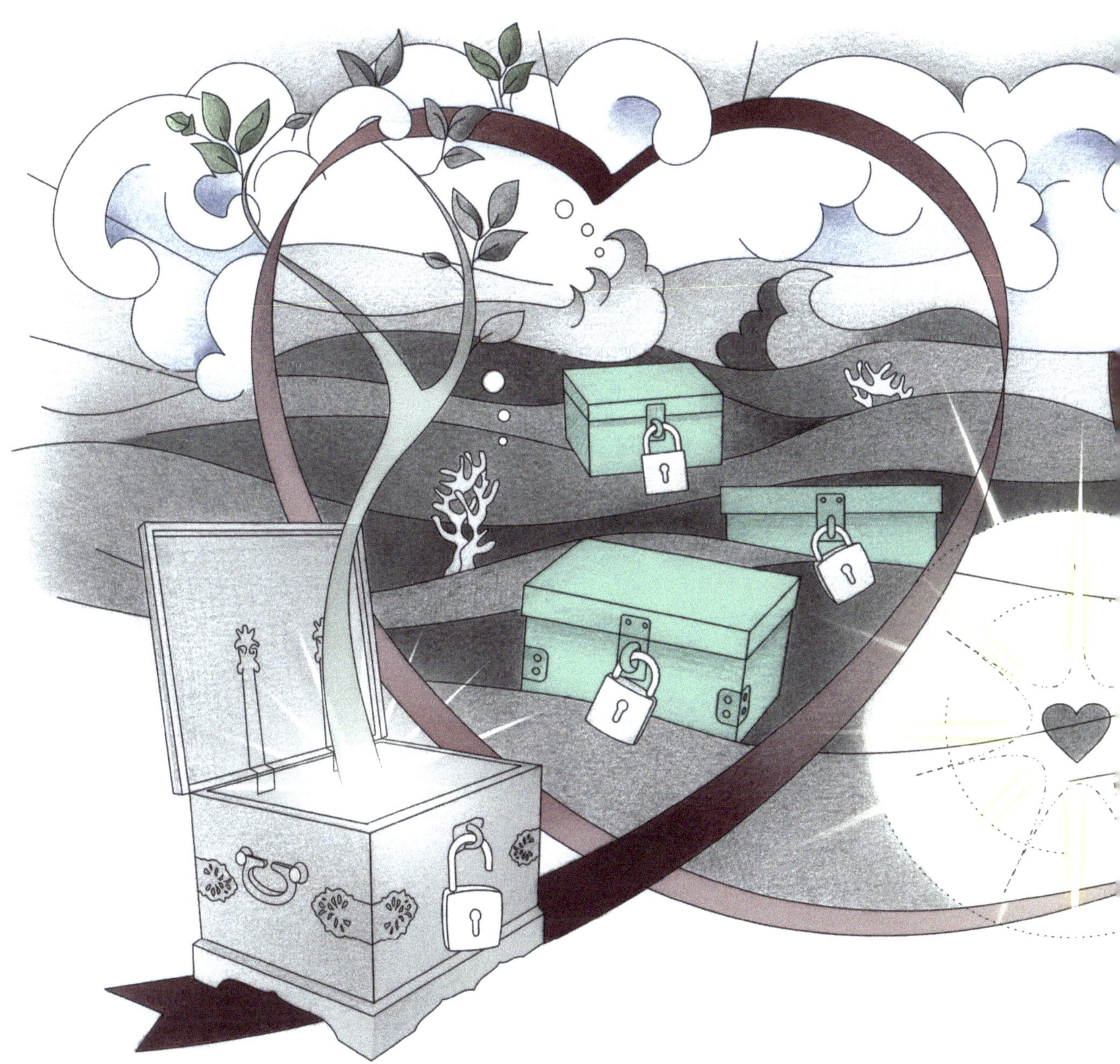

... قفل‌هایی که با ناامیدی بسته می‌شن، دیگه هیچ‌وقت باز نمی‌شن. ولی قفل‌هایی که با عشق و امید بسته می‌شن، خیلی زود می‌تونن باز بشن.»

دریا پرسید: «آرزوها توی اون صندوق‌ها منتظر چی می‌مونن؟»

مادر جواب داد: «آرزوها، منتظر می‌مونند تا ما، با فکرمون اون‌ها رو توی زندگی واقعی تجسم کنیم. هر وقت ما با خیال‌مون، آرزوها رو توی زندگی واقعی تجسم کنیم، اون وقت قدرت آرزوها زیاد می‌شه. اون‌قدر که می‌تونند قفل صندوق‌ها را بشکنند و خودشون رو به ابرهای آسمون برسونند. بعد دست ما رو می‌گیرن تا ما بتونیم سوار ابرهای آرزوهامون بشیم و بالا بریم.»

قطار به کُندی حرکت می‌کرد. انگار بار سنگینی رو با خودش می‌برد. واگن بعدی، واگن دلتنگی‌های مادر بود.

داستان سفر آرزوها، روزهای بچگی رو به یاد مادر آورد. روزهای بچگی توی روستای کوچیکش. یادش بخیر! جای قشنگی بود! همه جا سـبز، همه چیز آشـنا بود. انگار پدر، مادر، دوست‌ها و خاطرات بچگیش رو توی اون روسـتا جا گذاشته بود و بدون اون‌ها به شهر بزرگ اومده بود. مادر می‌گفت که حتی ابرها، گل‌ها و درخت‌های روسـتای بچگیش، اونو خوب می‌شناختن و مثل یک دوست نگاهش می‌کردند.

اون می‌گفت که اونجا همه چیز براش آشناتر بود.

دریا یادش اومد که با نگرانی از مادرش پرسید: «یعنی حالا اینجا خوشحال نیستی؟!»

مادر گفت: «با اینکه همیشـه برای چیزهایی که مجبور بودم توی روستای بچگیم جا بذارم و بیام، دلم تنگه اما اینجا خیلی خوشحالم. خوشحالم چون می‌بینم که تو، توی شهری زندگی می‌کنی که همه‌ی بچه‌ها می‌تونند به مدرسه برند. این‌طوری احساس می‌کنم که خودم به آرزوم رسیدم.»

مادر مکثی کرد و گفت: «گاهی اوقات می‌شه آرزوت رو با خوشحالی، به کسی که خیلی دوستش داری، هدیه بدی.»

این حرف مادر، لبخند بزرگی روی لب‌های هر دوشون آورد اما توی چشم‌های دریا، خبری از اون لبخند نبود. یادش افتاد که اون روز از پنجره‌ی قطار، خیره به غروب خورشـید نگاه می‌کرد. اما اون غروب یه‌جورایی با بقیه‌ی غروب‌ها فرق داشت.

اون شب، دریا دوست داشت زودتر بخوابه. ولی خوابش نمی‌برد. به آرزوی مادرش فکر می‌کرد. مادرش موقعی به شهر بزرگ اومده بود که دیگه وقتی برای رفتن به مدرسه نداشت و باید همه‌ی روز رو کار می‌کرد. اما از این اتفاق ناراحت نبود چون تونسته بود، بزرگ‌ترین آرزوی بچگیش رو به دریا هدیه بده و از این کارش خیلی خوشحال بود.

مادر می‌گفت: «گاهی وقت‌ها، آرزوهای آدم‌ها خیلی شـبیه همدیگه‌اند. خیلی از آدم‌ها درست همون آرزویی رو دارند که تو داری. اگه همیشـه تلاش کنی تا یه روزی به آرزوهای خودت برسی، خیلی خوشحال می‌شی، اما اگه بتونی کاری کنی تا دیگران هم به آرزوهاشون برسند، یه‌جور دیگه خوشحال می‌شی. یه‌جوری که با خوشحالی‌های دیگه‌ی دنیا، خیلی فرق داره.»

دریا دلش می‌خواست که سوار ابر آرزوهاش بشه. اما تا اون موقع فکر نکرده بود که شاید بتونه یه تیکه از این آرزوش رو ببخشه، یا شاید بتونه به دیگران کمک کنه تا اونها هم سوار ابر آرزوهاشون بشن. با خودش گفت: «این کار، کارِ آسونی نیست.»

توی همین فکرها بود که بالاخره خوابش برد.

٭ ٭ ٭ ٭ ٭ ٭ ٭

واگن بعدی که می‌اومد اتفاق‌های صبح روز بعد رو با خودش می‌آورد. واگن پُر از نور بود. گرمی و زیبایی طلوع خورشید همه جا رو پُر کرده بود. دریا هنوز چشم‌هاش رو کاملاً باز نکرده بود که یادش اومد تمام شب، خواب آرزوها رو دیده بود. خواب دیده بود که آرزوی خودش و آرزوی مادرش حسابی با هم دوست شده بودند. اون‌ها بلند بلند، در مورد یه آرزوی جدید با هم حرف می‌زدند.

دریا فوری از جا بلند شد. می‌خواست مطمئن بشه که آرزوش رو گم نکرده. وقتی توی ذهنش رو خوب گشت، فهمید که آرزوش همون‌جاست فقط یک‌کم عوض شده یا شایدم کمی بزرگ‌تر. دریا حالا دوست داشت که بتونه راه رسیدن به ابرهای آرزو رو توی جعبه‌های خیالیش کادوپیچ کنه و به کسایی بده که دنبال اون ابرها می‌گشتند. درست مثل هدیه‌ای که مادرش به اون داده بود. فکر کردن به اینکه آدمای دیگه از گرفتن اون کادوها چقدر خوشحال می‌شدند، خنده رو دوباره روی لب‌هاش آورد.

با این فکر از واگن پُر نور بیرون رفت تا ببینه کجا می‌تونه به آرزوی جدیدش دست پیدا کنه. از اونجا به بعد توی هر واگنی رو که نگاه می‌کرد پُر از ابر بود؛ ابرهای آرزوهایی که از ته دل دریا به آسمون واقعیت زندگیش نزدیک می‌شدند.

اون‌قدر نزدیک که **اگه خوب تلاش می‌کرد** می‌تونست دستش رو دراز کنه و هر آرزویی رو که دلش می‌خواست توی دستاش بگیره.

۲۶

دریــا هــر وقت دســتش به ابرهای آرزوهاش می‌رسید اون‌ها رو محکــم بین انگشــتاش نگه می‌داشت.

او حســابی تــلاش می‌کرد تا خودش رو بالا بکشه و بتونه روی ابرهای آرزو سوار بشه. دریا خیلی دوست داشت از اون بالا، دنیا رو نگاه کنه.

هــر وقت بــالای ابرهای آرزو بود می‌تونســت از اونجا آدمای دیگه رو ببینه، که سعی می‌کردند دست‌هاشون رو به ابرها برسونند.

اون‌موقع بــود که دریا همه‌ی تلاشش رو می‌کرد، تا اون‌ها هم بتوننــد به ابرهای آرزوهاشــون برسند و این کار خیلی خوشحالش می‌کرد.

مادرش راست می‌گفت: «این خوشــحالی، یه‌جورایی با همه‌ی خوشحالی‌های دیگه‌ی دنیا فرق داشت.»

این خوشحالی دریا رو سبک می‌کرد و هر چی سبک‌تر می‌شد می‌تونست بالاتر و بالاتر بره.

یادش اومد که یه روز یه ابر پیر، توی آسمون آرزوها ازش پرسید: «تو چطوری این‌قدر بالا اومدی؟!»

دریا گفت: «هر وقت به کسی کمک می‌کنم تا به آرزوهاش برسه خوشحالیش منو سبک می‌کنه و اون سبکی منو بالاتر می‌بره.»

ابر پیر خندید و گفت: «نمی‌فهمم اگر خوشـــحالی اون‌ها تو رو سبک می‌کنه و تو می‌تونی بالاتر بـــری، پس اون‌ها دارن به تو کمـــک می‌کنند. حالا تو فکر می‌کنی تو داری به اونا کمک می‌کنی یا اونا دارن به تو کمک می‌کنند؟»

دریا جواب سؤال ابر رو نمی‌دونست.

ابر پیر ادامه داد: «گاهی اوقات توی آسمون، بادهای خوش‌شانسی می‌وزند. بادها، ابرت رو هُل می‌دن تا به بالای ابر آرزوهای دیگران برسـی. بادها بهت شانس می‌دن به دیگران کمک کنی، تا به آرزوهاشون برسـن. هر چی بیشتر کمک کنی، سبک‌تر می‌شی و بالاتر می‌ری. پس تو داری به خودت کمک می‌کنی، درست وقتی که فکر می‌کنی داری به آدم‌های دیگه کمک می‌کنی.»

دریا حسـابی گیج شده بود. احتیاج داشـت تا به عمق خودش بره. ساکت و آروم بشینه و به حرف‌های ابر پیر فکر کنه.

حالا می‌فهمید که شانس کمک کردن به دیگران، کادوی باارزشی بود که بادهای آسمون آرزوها به او هدیه داده بودند؛ کادویی که براش هیچ قیمتی نمی‌شـد گذاشت. دریا احساس خوشبختی می‌کرد.

دریا هر چی بزرگ‌تر می‌شد. ابرهای آرزوهاشم بزرگ‌تر می‌شدند. ولی هر چی بالاتر می‌رفت قطار خاطرات بچگیش رو کوچیک‌تر و دورتر می‌دید. دلش برای نشستن توی واگن قطار بچگی تنگ شده بود. اما ابرها فقط جلو می‌رفتند و به عقب برنمی‌گشتند. دریا اون‌قدر روی ابرهای آرزوهاش بالا رفت که یه روز تونست از اون بالا یه طرف دیگه‌ی دنیا رو ببینه. جایی که یه شهر خیلی بزرگ، توی یه جای خیلی دور، وسط کوه‌های خیلی بلند قایم شده بود.

دریا قبلاً شنیده بود که اون طرف دنیا شهری هست پُر از اتفاق‌های جدید و باورنکردنی.

مثل اینکه درســت شــنیده بود، چون وقتی از بالای ابرهای آرزوها به شــهر دور نگاه می‌کرد، رنگ‌هایی رو می‌دید که با رنگ‌های شهر خودش خیلی فرق داشت.

چقدر توی اون شهر بزرگ چراغ روشن بود. همه جا برق می‌زد. نکنه اونجا همون شهر جادویی بود که مادرش توی قصه‌ها می‌گفت؟ آدمای قصه‌های شــهر جادویی می‌تونستند کارهای خیلی بزرگی بکنند. اونا حتی می‌تونســتند ابرهای آرزوها رو از آســمون پاییــن بیارند و با آدمای دیگه تقسیم بکنند.

دریا هم خیلی دلش می‌خواســت که بتونه کارهای بزرگ‌تری بکنه. برای همین با یه نگاه پر از امیــد به ابرهای دورِ آرزوهای اون‌طرف دنیا خیره شــد. به نظرش اومــد که اون ابرها یه جورایی می‌تونستند، آرزوهای بزرگ‌تری رو توی خودشون جا بدن. دلش می‌خواست بره و به اون ابرها برسه. اما دورتر شدن از قطاری که روزها و خاطرات زندگیش رو با خودش می‌برد براش خیلی سخت بود.

دریا با خودش فکر کرد شاید بد نباشد از ابرهایی که بالای شــهر دور بودن بپرسـه که اون طرف‌ها چه خبره؟ پس بلند، طوری که ابرها صداش رو بشــنوند، فریاد زد: «آهای! شماها شهر دور رو می‌بینید؟! می‌شه بــه من بگید که آدما اونجا چه کار می‌کنند؟ چه‌جوری زندگی می‌کنند؟ آدما اونجا خوشحال‌اند؟»

یکی از ابرهــای بزرگ بالای شــهر دور جواب داد: «اِم اِم... آدمــا اینجا همه مشــغول کارند. یه عالمه از آدمای اینجا همیشه سرشون پایینه و کار می‌کنند. اصلاً فرصت نگاه کردن به ابرهای آرزوهاشــون رو ندارند. هر روز، روز قبلی‌شون رو تکرار می‌کنند. همه‌شون آرزو دارند تا بالاخره یه روزی بتونند کمتر کار کنند و فرصتی پیدا کنند تا از چیزهایی که دارند، لذت ببرند.»

دریا با تعجب پرسید: «یعنی کسی دنبال به دست آوردن ابرهای آرزوش نیست؟!»

ابر بزرگ ادامه داد: «چرا، همه شــانس رسیدن به ابر آرزوهاشون رو دارند، اما فقط عده‌ی کمی از آدما هســتند که آن‌قدر تلاش می‌کنند تا بزرگ‌ترین ابرهای آرزوی‌های دنیا رو به دست بیارند و با خودشون به زمین ببرند. اون آدمای بزرگ، ابرهای رو به تیکه‌های خیلی کوچک‌تر تقسیم می‌کننــد و به آدم‌هایی می‌دن که فرصت نگاه کردن به ابرهای آرزوهاشــون رو ندارند، به همون آدم‌های اســیر روزهای تکراری که راه رسیدن به ابر آرزوهاشــون رو فراموش کردند. اون‌هــا از گرفتن این تیکه ابرهای کوچیک خیلی خوشحال می‌شن.»

دریا با هیجان گفت: «چقدر خوبه که تو شهر دور، آدمایی هستند که می‌تونند ابرهای بزرگ‌ترین آرزوها رو پایین بیارن و با آدمای دیگه تقسیم کنند. من خیلی دوست دارم که یه روزی بتونم این کارو بکنم.»

ابر بزرگ ساکت شد. چون نمی‌دونست چطوری باید به دریا بگه که تیکه‌های ابر آرزوها توی شهر دور مجانی نیستن. آدمایی که همیشه سخت کار می‌کنند این تیکه‌های کوچیک ابر رو به قیمت روزها و شب‌های زندگی‌شون می‌خرند.

دریا دوباره با خوشحالی فریاد زد: «منم دوست دارم اونجا بیام و توی اون شهر زندگی کنم. گرچه می‌دونم دوری از همه‌ی آدمای آشنای دور و برم خیلی سخته! جدایی از همه‌ی چیزهایی که تا حالا به دست آوردم، هم همین‌طور! ولی بیش‌تر از همه، آرزوهایی رو که تلاش کردم تا پیداشون کنم، چطوری اینجا بذارم؟ می‌تونم این‌ها رو با خودم بیارم؟»

یکی از ابرهای شهر دور خندید و گفت: «از بین همه چیزهایی که دوست داری فقط به اندازه‌ی یک چمدون می‌تونی بیاری. آدم‌ها رو نمی‌تونی بیاری. باید همه‌ی اون‌هایی رو که دوست داری توی قلبت نگه‌داری. یادت باشه اگه بار خاطراتت خیلی سنگین بشه، نمی‌تونی بالا بیای.»

دریا با دلخوری گفت: «شاید بتونم از همه‌ی وسایلم فقط به اندازه یک چمدون بردارم. اما حتی یک ذره از خاطراتم رو نمی‌تونم از خودم دور کنم.»

ابر گفت: «بعضی از خاطراتی که توی شهر خودت خوشحال و سبکت می‌کنند، توی شهر دور، فقط یه بار سنگین از غم دوری رو به یادت می‌یارن. نگران خاطراتت نباش. اونا رو توی شهر خودت به امانت بسپر. شاید باور نکنی، اما توی دنیا، پُر از شهرهاییه که خاطرات آدم‌ها رو توی دل‌شون جا می‌دن. آدم‌هایی که اون شهرها رو خیلی دوست دارند. اما ازشون فرسنگ‌ها دورند. شهرها خوب می‌دونند که چطوری باید مراقب خاطره‌ها باشند. پس بار خاطراتت رو سبک کن تا زودتر بالا بری.»

دریا حسابی گیج شـــده بود. گاهی فکر می‌کرد اگه مادرش از روستای کوچکش بیرون نیومده بود، رسـیدن به ابر آرزوها برای دریا هم ممکن نمی‌شد. گاهی فکر می‌کرد؛ آخه خیلی تلاش کرده بود که توی شهر خودش به آرزوهاش برسه. حالا چطور می‌تونست همه چیز رو پشت سر بذاره و به یه شهر دور بره و دوباره از اول شروع کنه؟ لحظه‌ی عجیبی بود. درست احساس کسی رو داشت که ســال‌ها تلاش کرده تا به قله‌ی کوه هدف‌هاش برســه. اون وقت درست وقتی که به بالای قله رسیده، فهمیده که باید کوه دیگه‌ای رو بالا می‌رفته. خیلی سخت بود که تمام راه رفته رو برگرده و دوباره شروع کنه به بالارفتن از یک کوه دیگه.

دریا فکر کرد که شـاید بهتر باشـه تا با ابرهای آسمون شـهر خودش کمی درد و دل کنه و نظر اون‌ها رو بپرسه.

برگشت.

اما آسـمون شهر کوچکش پُر از دود بود. همه جا خاکستری شده بود. نه ابری توی آسمون بود و نه حتی می‌شـد خورشـید رو به خوبی دید. از حرف‌زدن با ابرهای آرزوش ناامید شد و به طرف دیگه‌ی آسمون نگاه کرد. جایی که ابرِ سفید آرزو منتظرش بود.

بالاخره تصمیم‌اش رو گرفت و رفت...

رفت و با لبخندی پر از امید سـوار ابر شد. اما اشـک دوری از شهر و خاطراتش چشم‌هاش رو خیس کرده بود.

دریا با خودش گفت: «فقط به جلو نگاه می‌کنم دیگه به پشـت سـرم نـگاه نمی‌کنم. اما انگار چشـم‌هاش رفته بودند پشت سرش. هر چی بیشـتر به جلو نگاه می‌کرد بیشتر پشت سرش رو می‌دید. دلش گرفته بود. سـعی می‌کرد توی ذهنش با ابرهای دور و برش شکل‌های خیالی بسازه تا حواسش از غم دوری پرت بشه. اما این کار هم بهش کمکی نکرد.

چون ابرها رو یا شـبیه خونه‌شون می‌دید یا مثل گلدون توی حیاط، و یا شبیه ماهی‌های توی حوض که به سختی ازشون خداحافظی کرده بود.

توی این فکرها بود که یه‌دفعه از اون طرف آسمون، ابر سفیدی که شبیه یه قیچی بزرگ بود بهش نزدیک شد و گفت: «مثل اینکه تو یه قیچی لازم داری تا طنابی رو که به قطار روزهای گذشته‌ات وصل کردی، بِبُری. این‌طوری نمی‌تونی بالا بری. طناب رو بِبُر تا سبک بشی و بالا بری.»

دریا این حرف رو اصلاً دوست نداشت.

با ناراحتی به قیچی ابری نگاه کرد و چیزی نگفت.

٭ ٭ ٭ ٭ ٭ ٭ ٭

صدای بلند گریه‌ی دختر کوچولوی تازه به دنیا اومده، که دیگه از خواب بیدار شده بود، دریا رو از بالای ابرهای خیالاتش به پایین آورد. توی یه لحظه رؤیاهای دور و درازش محو شـدند. ابرها کنار رفتند و قطار خاطرات ناپدید شد.

دریا خیلی خوشـــحال بود که تونسته بود لبخند گمشده‌ی بچگیش رو توی واگن‌های اون قطار پیدا کنه و با خودش بیاره.

گرمی اون لبخند بزرگ روی لب‌های دریا و برق عشـــق مادر شـــدن توی چشماش، صورتش رو مثل خورشید زیبا کرده بود.

با یه احساسی که نمی‌دونست اسمش چیه، مشغول شیر دادن به دختر کوچولوش شد. فرصت خوبی بود که یه دل سیر به صورت دخترش نگاه کنه.

بـا اینکه اولیـــن روز بود که صـــورت دخترش رو می‌دید، ولی نمی‌دونســـت چـــرا اون چهره، این‌قدر براش آشـــنا بود. خیلی وقت بود که دیگه صورتی به این آشنایی ندیده بود.

یادش اومد که روزهای اول اومدنش به این طرف دنیا، احسـاس همون درختی رو داشت که ریشه‌هاش رو یه جای دیگه جا گذاشته. هر لحظه مراقب بود که به زمین نیفته. تلاش می‌کرد که طاقت بیاره و بتونه توی این زمین جدید، ریشــه‌های کوچیکی رو برای تنه‌ی قدرتمندش درست کنه. می‌خواست دوباره بتونه سرش رو بالا بگیره و با ابرهای آرزوهاش توی آسمون حرف بزنه.»

یه روز، حتی امتحان کرد تا با یه تیکه ابر کوچولو که گوشه‌ی آسمون تنها نشسته بود، کمی درد و دل کنه. اما خیلی عجیب بود که اون ابر اصلاً حرف‌هاش رو نشنید یا شاید هم نفهمید. دریا اول کمی ترسید.

بـا خودش فکر کـرد: «نکنه ابرهای اینجا هم، مثل آدمای این شـهر به یه زبون جدیدی حرف می‌زنند. زبونی که با زبون دریا خیلی فرق داشت.»

دریا از وقتی به این طرف دنیا اومده بود همیشه دنبال فرصتی بود که بتونه کمتر کار کنه تا به مدرســه بره و زبون مردم این شهر رو بیشتر یاد بگیره. اما خیلی زود یادش اومد که قانون آسمون فرق داشت. دریا می‌دونست که ابرها، با زبون آسمون حرف می‌زنند، نه با زبون زمین. توی آسمون همه با دلاشون حرف می‌زنند. گاهی هم با سکوت، سکوتی که توش پر از حرفه.

۴۰

از روزی کـــه دختر کوچولوی دریا به دنیا اومد، هر روز خورشـــید یه‌جورایـــی پرنورتر و گرم‌تر از روزهای قبل می‌تابید.

دریا از ته دل خوشـــحال بود. چرا که توی خونه کسی رو داشت که می‌تونست باهاش با زبون دوران بچگـــی خودش حرف بزنه. مرتب بـــراش حرف می‌زد. با اینکه دختـــر کوچولو هنوز خیلی کوچیک بود دریا مطمئن بود که اون حرف‌هاشو می‌فهمه.

دریا هر روز به ســـختی کار می‌کرد. دیگه فرصتی برای ســـر زدن به ابرهـــای آرزوهاش رو پیدا نمی‌کرد. او هر شـــب برای دختر کوچولوش شعر می‌خوند و قصه تعریف می‌کرد. گاهی قصه‌هاش از اتفاق‌های بچگی خودش بود، گاهی از دوستاش، از شهرش و گاهی هم از مهربونی‌های مادرش که سال‌ها پیش با هم خداحافظی کرده بودند.

سال‌ها گذشـت و دختر کوچولوی دریا کم‌کم، بزرگ‌تر شد. اون نقاشی کردن رو خیلی دوست داشت. همیشه از اینکه قصه‌های مادرش رو توی یه شهر خیالی نقاشی می‌کرد، لذت می‌برد. توی همه‌ی نقاشـی‌هاش، اول، یک خورشید بزرگ و گرم و پُرنور می‌کشید؛ خورشیدی که دور تا دورش رو ابرهای سفید و زیبایی گرفته بودند. اون روی هر کدوم از ابرها به خاطر شکل‌های قشنگ‌شون یه اسـم می‌ذاشت: ابر فیلی، ابر هواپیما، ابر فرشـته. ابرهای توی نقاشی‌های دختر همیشه روی زمین دنبال پیدا کردن دوستای جدیدی بودند.

اون‌ها می‌خواسـتند کمک کنن تا آدما به آرزوهاشـون برسند، درسـت مثل اتفاق‌های خوب قصه‌های مادرش.

توی اون نقاشی‌ها، گل‌ها، درخت‌ها و ابرها خیلی با هم دوست بودند. راستش چیز عجیبی که توی همه نقاشی‌های دخترک دیده می‌شد یک قاصدک گرد و پُر پَر بود که به همه جای نقاشی‌ها سفر می‌کرد و به همه خبرهای خوب می‌داد.

قاصدک به هر جا که می‌رفت همه خوشـحال می‌شدند چون می‌دونستند که همیشه یک خبر خیلی خوب همراهش می‌آد.

قاصدک از توی دل همه خبر داشت. اون خوب می‌دونست که، کی از چی خوشحال می‌شه.

یه روز که دخترک مشغول کشیدن نقاشی بود، یکی از ابرهای توی نقاشی، از دخترک پرسید که چه آرزویی داری؟ دختر کوچولو که انگار نیازی به فکر کردن نداشـت، فوری جواب داد: «من دلم می‌خواد مثل قاصدک باشم. همیشه برای همه خبرای خوب ببرم.»

ابر به دخترک گفت: «چه آرزوی قشنگی! من آرزوی قشنگ آدما رو خیلی دوست دارم. من حتی آرزوهای بچگی مادرت رو هم خوب یادمه. یادمه که دریا برای رسیدن به ابر آرزوهاش چقدر تلاش می‌کرد و هیچ چیز نمی‌تونست ناامیدش کنه.

دختر کوچولو از شنیدن این حرف خوشحال شد و به مادرش بیشتر افتخار کرد.

روزها گذشـت. دخترک هر روز توی نقاشی‌هاش به شـهر خیالی می‌رفت. رنگ‌هاشونو عوض می‌کرد. یا اتفاقات جدید می‌کشید.

یه روز قاصدک توی نقاشـی، از گوشه‌ی صفحه رنگی به طرف دختر کوچولو اومد. اون با لبخند قشنگی گفت که براش خبر خیلی خوبی داره! دخترک با بی‌صبری منتظر شنیدن خبر بود. قاصدک بهش مژده داد که به یکی از قشـنگ‌ترین روزهای زندگیش رسـیده. اون روز، روزی نبود، جز؛ **روز اول مدرسه!**

school

دختر کوچولو خیلی خوشحال بود که به مدرسه می‌رفت. دلش می‌خواست هر چه زودتر خوندن و نوشتن رو یاد بگیره. خوب می‌دونست که مدرسه می‌تونه اونو به آرزوهاش نزدیک‌تر کنه. اون حسابی درس می‌خوند و مثل همیشه نقاشی می‌کشید.

یه روز توی نقاشیش، مادرش رو کشید که از خوشحالی شنیدن یه خبر خوب، به هوا پریده. می‌خواست خودش رو هم توی نقاشی بکشه که داشت اون خبر خیلی خوب رو به مادرش می‌داد ولی هر چی فکر کرد نمی‌دونست چه خبری می‌تونست مادرش رو اون‌قدر خوشحال بکنه. برای همین به جای عکس خودش توی نقاشی، یه قاصدک کشید تا خبر خوب رو پیدا کنه. اما این انتظار خیلی طول نکشید.

یه روز زیبای بهاری که بوی شکوفه‌های درخت گیلاسِ حیاط مدرسه، همه جا پیچیده بود. توی کلاس دخترک، روی میزش، یه نامه با یک خبر خیلی خوب منتظرش بود.

توی نامه نوشته بود که نقاشی دختر کوچولو برنده‌ی **جایزه‌ی اول مسابقه‌ی نقاشی** مدرسه شده.

دخترک خیلی خوشحال شد. همون لحظه توی فکرش به یاد نقاشی نیمه تمامش افتاد که خوشحالی مادرش رو کشیده بود. حالا دلیل خوبی داشت که خودش رو هم به اون نقاشی اضافه کنه.

دقیقه‌ها رو می‌شمرد تا بتونه هر چه زودتر این خبر خوب رو به مادرش بده.

تازه فهمیده بود که خبر خوب خیلی سنگینه و نگه داشتنش سخته! توی فکرش فقط خوشحالی صورت مادرش رو بعد از خوندن اون نامه تجسم می‌کرد.

تمام راه رسیدن به خونه رو با خوشحالی دوید.

بالاخره مادرش رو دید. توی بغلش پرید و با افتخار نامه رو بهش نشون داد. دستاشو زیربغلش زد. سرش رو بالا گرفت. احساس کسی رو داشت که قُلّه‌ی یک کوه بلند رو فتح کرد.

بـا یک لبخند بزرگ و با صدایی پر از هیجـان به مادرش گفت: «برات یه خبر خوب دارم، ببین اینجا چی نوشته؟!»

دریا ساکت بود. تنها چیزی که توی صورتش دیده می‌شد یک علامت سؤال بزرگ بود. دخترک اما نمی‌تونسـت حتی یه لحظـه‌ی دیگه منتظر بمونـه. بی‌صبرانه می‌خواسـت که خوشحالی مادرش رو ببینه. همان خوشحالی‌ای که مدت‌ها منتظـرش بود تا بتونه نقاشـی نیمه تمامش رو کامل کنه. با هیجان گفت: «مادر، لطفاً با صدای بلند بخون!»

دریا هنوز سـاکت بود. اما بعد از چند لحظه به آرومـی گفت: «من نمی‌تونم این نوشـته رو بخونم!»

دختر انگار نشنید. فقط با تعجب نگاه می‌کرد. دریا بـا صدای آروم‌تری گفت: «من خوندن و نوشتن این زبون رو بلد نیستم...»

همزمانی نوشته شدن این کتاب، با شیوع بیماری همه‌گیر کرونا، اتفاق عجیبی بود چرا که این دگرگونی اجباری دنیا به من فرصتی داد تا بتوانم آرزوی دور و دراز نوشتن این کتاب را به واقعیت نزدیک کنم.

در سال گذشته، سفر همه‌ی مهاجران در سراسر دنیا متوقف شد اما برای من فرصتی پیش آورد تا بتوانم سفر احساساتم به روی کاغذ را آغاز کنم.

با امید به این‌که، با این کتاب بتوانم به قلب مهاجران دنیا سفر کنم.

✱ ✱ ✱ ✱ ✱ ✱ ✱

همچنین نهایت سپاس و احترام به:

● همسر و دخترم که مرا در این مسیر یاری کردند

● دوست گرانقدرم خانم زهرا بنی‌اسدی ناشر کتاب که قدم به قدم در پیدایش و چاپ و نشر این کتاب همراهم بودند.

● دوست هنرمندم آقای محسن (فرشید) امانی که با تصاویر بسیار زیبای‌شان، انتقال احساس این داستان به خواننده را ممکن کردند.

● خانم اکرم هیرسا و آقایان احمد و حمید کمالی‌مقدم که از نظرات و وقت با ارزش‌شان در جهت شکل‌گیری این کتاب دریغ نکردند.

● و نهایتاً خانم پانته‌آ هیلی و خانم فرمهر (فمی) چاوش که ویرایش انگلیسی این کتاب را عهده‌دار شدند.

۱۴۰۰/۰۲/۰۶

با احترام

مریم ابراهیمی

مریم ابراهیمی در اســفندماه سال ۱۳۴۸ در تهران به دنیا آمد. تمام کودکیش لابهلای کتابها و داستانها و شعرها سپری شد. او خواند و خواند و خواند. بزرگتر شد. و نوشت و نوشت و نوشت. بعد از پایان تحصیلات دورهی ابتدایی و دبیرستان بر سر دو راهی ادامه تحصیل بین دو رشته مورد علاقهاش یعنی ادبیات فارســــی و هنر قرار گرفت. نهایتاً در رشته طراحی صنعتی و بعد از آن در مقطع کارشناسی ارشد پژوهش هنر فارغالتحصیل شد.

همزمان با تحصیل مقالاتی را در روزنامههای وقت به چاپ رســاند و پس از مدتی تدریس در کلاسهای هنری از ایران مهاجرت کرد. او در خارج از ایران همچنان به کارهای هنری و نوشــتن مشغول است. کتاب **آرزوهای بزرگ چمدان کوچک** اولین اثر داستانی او با موضوع مهاجرت است. کتاب حاضر همزمان به زبان انگلیسی در آمریکا به چاپ رسیده و قابل دسترسی میباشد.

maryamebrahimi2048@gmail.com

محســـن امانی پس از پایان تحصیلات مقدماتی و بهواسطه توانایی ذاتی و همزمان با حضور در دانشگاه به عرصه کار حرفهای وارد شد.

وی تحصیلکرده در رشــته طراحی صنعتی است. او قبل از اینکه تصویرساز باشد، برای بسیاری از شــرکتها در زمینههای مختلف هنری، صنعتی و تبلیغاتی پروژههای بسیاری را اجرا و مدیریت کرده است.

او با هدف انتقال دانش، مدتی را نیز به آموزش نســـل جوان در دانشگاهها سپری کرده است. تصویرســازی کتاب حاضر، تجربهای متفاوت و جذاب برای او بوده است زیرا توانست از نزدیک با نویسنده همکاری کند و این داستان را دقیقاً همانطور که نویسنده تصور میکند زنده کند. برای دیدن کارهای بیشتر محسن امانی، به www.mohsenamani.com مراجعه کنید.